Gallimard Jeunesse / Giboulées sous la direction de Colline Faure-Poirée

© Editions Gallimard Jeunesse, 1997
Premier dépôt légal : octobre 1997
Dépôt légal : novembre 2002
Numéro d'édition : 121609
ISBN : 2-07-051533-8
Loi n° 49956 du 16 juillet 1949
sur les publications destinées à la jeunesse

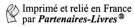 Imprimé et relié en France
par *Partenaires-Livres*®

Huguette la Guêpe

Antoon Krings

Gallimard Jeunesse / Giboulées

Comme chaque année, Huguette la guêpe attendait avec impatience le retour des beaux jours et des grosses bêtes qui venaient pique-niquer dans les jardins et se rafraîchir aux terrasses des buvettes. Alors, il fallait la voir tournoyer au-dessus des tables, piquer droit dans les assiettes pour se goinfrer de glace chantilly et de choux à la crème, entre deux rasades de limonade.

Elle y mettait tellement d'entrain qu'on se demandait comment une guêpe aussi gourmande pouvait faire pour garder une taille si fine ; sans doute avait-elle suivi, la coquette, un régime très strict en hiver. Ce qui expliquait son caractère quelque peu irritable, car, sachez-le, trop de privations rendent souvent les guêpes irascibles.

En tout cas, l'été, Huguette s'en donnait à cœur joie et, malgré sa petitesse, savait qu'elle faisait très peur aux grosses bêtes.

« Il suffit que je me pose sur un nez et presque aussitôt c'est la panique. Ils font des gestes désespérés avant même que je les pique. Écoutez-les crier, regardez-les se tortiller, vraiment il n'y a rien de plus comique. »

Seulement la vie d'Huguette n'était pas sans danger. Plus d'une fois, elle faillit finir écrabouillée sous un magazine ou noyée dans un verre de sirop. Mais ce jour-là, ça se passait au fond d'une bouteille d'orangeade. Notre guêpe y prenait un bain sucré quand soudain quelqu'un cria :
« Ah la sale bête ! »

Et une main s'empara de la bouteille et la jeta aussi loin qu'elle put. Plouf, dans l'étang. Au bout d'un moment, elle remonta à la surface, mais l'étang était si large qu'Huguette se crut perdue au milieu de l'océan.

Entraînée par le courant, la bouteille dériva de plus en plus loin vers les nénuphars et elle passa en flottant devant la maison d'Ursule qui, fort heureusement, la remarqua.
« Décidément ils jettent n'importe quoi, c'est honteux ! » maugréa la libellule, qui tentait de saisir la bouteille à l'aide de son balai.

Presque aussitôt de fortes secousses agitèrent le balai.

« Une guêpe ! » s'écria Ursule en tirant de toutes ses forces sur le manche.

« Va-t'en, je n'aime pas les guêpes. » Et pendant qu'elle essayait de la chasser, Huguette enfin libre sifflait d'un ton moqueur « Bzz, vieille fille, bzz, vieille fille ».

Puis elle s'en fut sans dire au revoir et vola droit vers le jardin le plus proche. Là, elle se laissa tomber, fatiguée, affamée, sur une rose. C'était le rosier de Mireille.

– Vous ne savez pas lire ? s'écria l'abeille furieuse. C'est une propriété privée et il est interdit de s'allonger sur les fleurs.

– Oh, ça va, ça va, c'est pas une petite chose boudinée avec des rayures qui va me dire où je dois me poser, riposta Huguette.

Mireille fut si surprise de cette réplique qu'elle resta bouche bée, puis elle poussa un profond soupir et d'une voix que les sanglots étouffaient déjà répéta :

– Boudinée, boudinée, c'est vrai ? Je suis vraiment boudinée ?

– Allons, à quoi bon pleurer, dit avec sévérité Huguette, vous feriez bien de surveiller un peu votre ligne. Ce n'est pas sorcier, admirez comme ma taille est fine. Eh bien, si les guêpes sont ainsi faites, c'est parce qu'elles ont un secret.

Mireille mourait d'envie de connaître ce secret. Elle invita Huguette et s'empressa de lui dire : « Vous verrez, dans ma maison ce ne sont pas les provisions qui manquent ! »

Et voilà comment notre guêpe passa tout l'été dans le jardin des drôles de petites bêtes, à manger le miel de Mireille, à séduire ses voisins et à... piquer les fesses des lutins.

Quant au fameux secret, Mireille eut beau le savoir par cœur, elle resta toujours aussi ronde, ce qui l'attrista un certain temps.

Mais, entre nous, une abeille avec une taille de guêpe ne serait plus tout à fait une abeille.